SCOOBY-DOO!

La valentine disparue

Gail Herman

Illustrations de Duendes del Sur

Texte français de Marie-Carole Daigle

Les éditions Scholastic

Copyright © Les éditions Scholastic, 2002, pour le texte français.
Tous droits réservés.

ISBN 0-7791-1628-3
Titre original : Scooby-Doo! Valentine's Day Dognapping.

Conception graphique de Maria Stasavage

Édition publiée par Les éditions Scholastic,
175 Hillmount Road, Markham (Ontario) L6C 1Z7

5 4 3 2 1   Imprimé au Canada   02 03 04 05

Les amis essaient une nouvelle pizzeria.
Scooby-Doo flaire le menu sur la table.
— Bon, dépêchez-vous de commander, dit Sammy
à Véra, Daphné et Fred. Ils vont bientôt fermer!

Les trois sœurs
Grande
ouverture

Bonne
Saint-Valentin!

Chacun reçoit rapidement sa pizza.

— Dites donc, s'étonne Sammy. Pourquoi les pizzas sont-elles en forme de cœur?

— Parce que c'est la Saint-Valentin, répond Véra.

— R'ou-la-la! s'exclame Scooby. Mamma mia!

— Scoob n'a jamais vu de pizza en cœur, s'amuse Sammy. L'important, c'est que ça se mange. Hein, mon vieux?

Scooby ne répond pas.

— Hein, mon vieux? répète Sammy.

Incapable de parler, Scooby contemple
une jolie chienne.

— On dirait que Scooby est amoureux,
fait remarquer Daphné.

Fred s'approche de la chienne et lit
la médaille qu'elle porte au cou.

— Bonjour, Kiki, dit-il. Voici notre ami,
Scooby-Doo.

La chienne se dégage et file sous le comptoir.
Puis elle sort la pointe du museau.
— On dirait qu'elle veut jouer avec toi, Scoob,
dit Sammy.
Soudain, quelqu'un s'empare de la chienne.
Kiki hurle pendant qu'on l'emporte.

— Oh! Oh! Cette chienne est dans le pétrin!
s'exclame Sammy.
Scooby s'élance vers la porte.
Soudain, il revient sur ses pas.
Il avale les dernières miettes de pizza.
Puis il repart.

Scooby court derrière Kiki.
Sammy court derrière Scooby.
Et le reste de la bande court derrière Sammy.
Scooby s'arrête brusquement au bout de la rue.

Bang! Sammy heurte Scooby. Véra, Fred
et Daphné heurtent Sammy.
Lorsqu'ils se relèvent tous, ils voient une
femme drapée dans une grande cape sombre.
Elle s'engouffre dans une sinistre maison
qui semble abandonnée, emportant Kiki!

— On aurait dit une sorcière! dit Sammy
à Scooby.

— Et elle vient de te voler ta petite amie!

— R'on! R'eux pas! pleurniche Scooby.

Véra hoche la tête.

— Un instant, les gars. Depuis quand les sorcières s'intéressent-elles aux chiens? Elles n'ont pas un chat, d'habitude?

— Miaou!

Un chat noir se précipite justement dans la vieille maison.

Scooby se met à gémir.

— Pauvre Scooby! dit Daphné.

— Nous devons l'aider, dit Véra. Et Kiki aussi.

— Venez, tout le monde! lance Fred. La porte est restée ouverte.

À l'intérieur, les amis traversent les pièces sombres
sur la pointe des pieds.
Des toiles d'araignée pendent du plafond.
L'endroit est vraiment vieux et poussiéreux.

— Par ici, dit Sammy.

Il trébuche sur un balai.

— Aïe! s'écrie-t-il. Seigneur! Un balai de sorcière!

— Philomène? demande quelqu'un. Joséphine?
Vous êtes là?

Les amis restent figés.

Ils entendent alors deux voix répondre.

— Oui, nous sommes là.

— D'autres sorcières! s'inquiète Sammy.

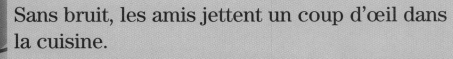

Sans bruit, les amis jettent un coup d'œil dans
la cuisine.
Les sorcières sont en train de remuer quelque
chose dans une grosse marmite.

— C'est presque prêt, se réjouit Pénélope,
la première sorcière.
— Il ne manque que le dernier ingrédient…
— Oh non! se désole Sammy. J'espère qu'elle
ne parle pas de…
— R'iki! termine Scooby.

19

— Il faut retrouver cette chienne! dit Daphné.

— Absolument, dit Fred. Séparons-nous.

Véra monte l'escalier devant Fred et Daphné.

Scooby et Sammy se faufilent dans la cuisine
et descendent à la cave.
Dans l'obscurité, ils distinguent toutes sortes
de grands pots posés sur des tablettes.
— Des ingrédients de potion magique, chuchote
Sammy en examinant un des pots.
— Des vers de terre!
Il en prend un autre.
— Des yeux!

— Ouache! s'exclame Sammy en laissant tomber les pots.

Il remonte l'escalier à toute vitesse.

— R'attends-moi, lui crie Scooby.

Boum! Boum! Boum!

Chose certaine, ils ne courent pas sur la pointe des pieds!

— Qu'est-ce qui se passe? demande Pénélope.

Scooby et Sammy lui filent sous le nez.

— Par ici, dit Sammy.
Bang! Les deux amis se heurtent
à Joséphine.
— Demi-tour! ordonne Sammy.
Bang! Ils se heurtent à Philomène.

— Malheur! Cache-toi, Scoob! crie Sammy.
Là-dedans!
Ils plongent dans la marmite.

Quelques secondes plus tard, ils sortent la tête
pour respirer.
— Catastrophe! dit Sammy.
Véra, Fred et Daphné viennent à leur secours.
Mais les sorcières sont juste derrière eux!
Sammy goûte à la potion qui dégouline sur lui.
Puis il y goûte encore.
— Pas mauvaise, cette potion!

Véra regarde dans la marmite.

— Ce n'est pas une potion, s'exclame-t-elle. C'est de la sauce à pizza!

Elle regarde attentivement les sorcières.

— Mais j'ai vu vos photos sur le menu de la pizzeria. Vous êtes les trois sœurs du restaurant *Les trois sœurs*!

— Ça ne les empêche pas d'être des sorcières,
dit Sammy. Scoob et moi, on a vu leurs pots pleins
d'yeux et de vers de terre.

— Ça devait être des olives et des spaghettis,
dit Véra en riant. Pour le restaurant.

Pénélope montre le menu à Sammy.

— Et les balais, alors? Et le chat noir?
demande-t-il.

— Nous venons d'arriver ici, répond Pénélope.
Nous n'avons pas encore fini le grand ménage.

— Voilà pourquoi vous avez tant de balais! s'exclame Daphné.

Pénélope caresse le chat noir, ce qui le débarrasse de sa poussière.

— Il est moins effrayant maintenant, dit Fred.

Scooby se met à gémir.

— R'iki!

— C'est vrai, dit Sammy. Vous avez enlevé
l'amoureuse de Scooby!

— Kiki est notre chienne, dit Philomène.
Mais elle ne veut pas rester dans la maison.
Elle déteste tout ce qui est sale.

À cet instant, Kiki entre dans la cuisine d'un pas
élégant. Elle sourit à Scooby.

Elle remarque alors que Scooby est
couvert de sauce. Son sourire disparaît.
— Pouah! fait-elle en s'éloignant.

Scooby hausse les épaules et sourit.
Il a déjà trouvé un nouvel amour.
La sauce à pizza!
— Scooby-Dooby-Doo! s'exclame-t-il.